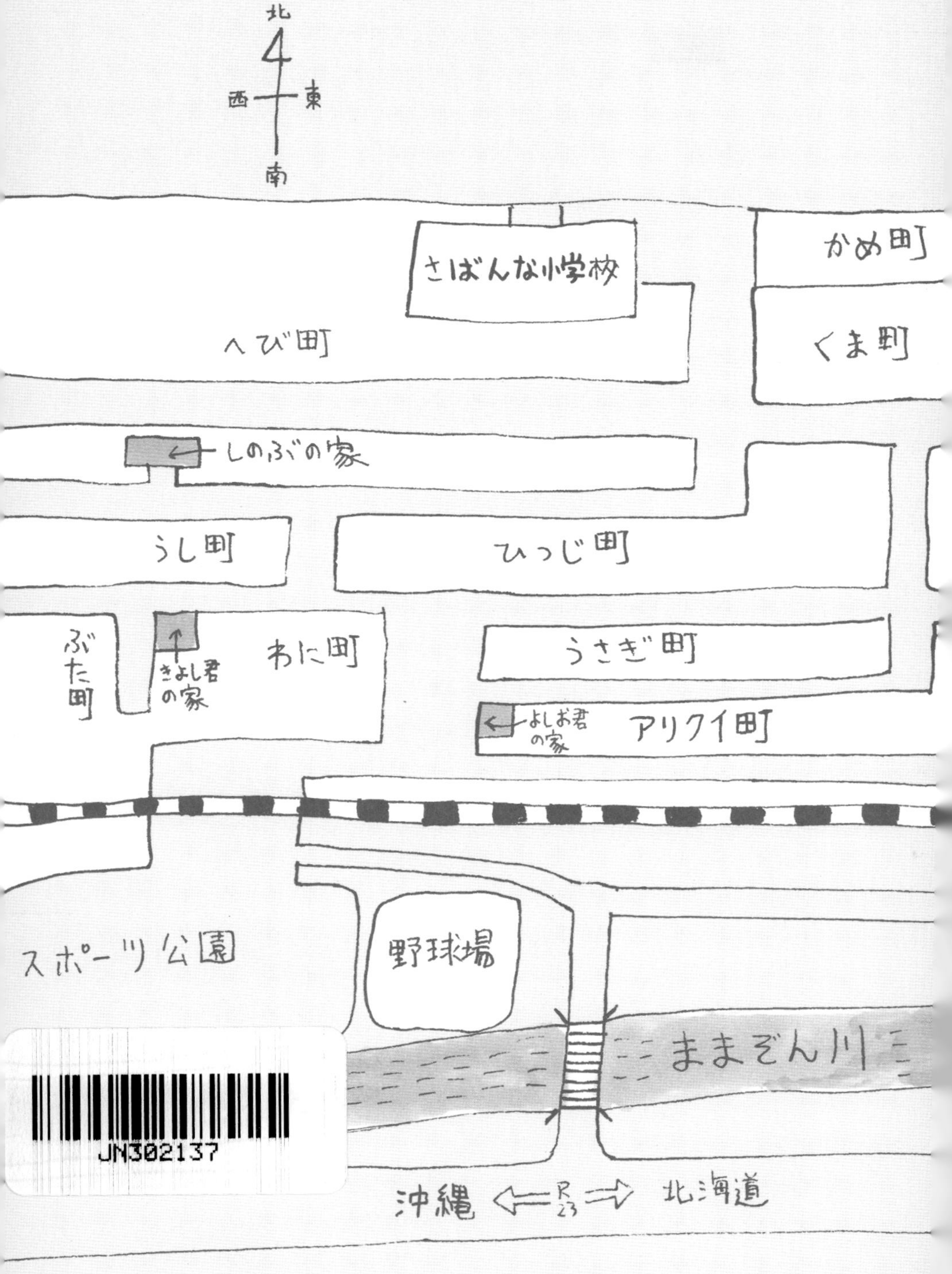
北
西
東
南
さばんな小学校
かめ町
くま町
へび町
しのぶの家
うし町
ひつじ町
ぶた町
きよし君の家
わに町
うさぎ町
よしお君の家
アリクイ町
スポーツ公園
野球場
ままぞん川
沖縄
R23
北海道

ともだちはアリクイ

村上しいこ＝作　田中六大＝絵

WAVE出版

きよしくん、この町《まち》では、ちょうゆうめいじん。

だって、しょうしんしょうめいの、わになんだ。

ほら、いまだって、むこうからくる人《ひと》たちが、
うわさしてる。

「さっき、こうえんにいたの、わにのきよしくんだよね」

「だれかを、いじめてたよね」

「こわいよね、わにって」

えっ？

きよしくんが、だれかをいじめてるって！

ぼくは、はしった。

こうえんにいくと……いた。
きよしくんと、そばに、
アリクイのよしだよしおくん。
そうっとちかづくと、ふたり、
はなしているのがきこえた。
「ほら、アリクイなら、
アリ、くってみそしる」
きよしくん、へたな
だじゃれをいいながら、

木《き》のえだを、よしだくんの
口《くち》もとに、おしつけてる。

「ぼく、アリクイだけど、アリすきじゃない。
おいしそうじゃないし」
よしだくんが、かおをそむける。
それでも、やめようとしない。
「たべてみなきゃ、
わかんねーだろ」

いつもそうだけど、きよしくん、ごういん。
ぼくは、わざと足音《あしおと》を大《おお》きくして、
ふたりにちかづいた。

「よっ、しのぶじゃねーか」

きよしくん、こっちを見《み》ていう。

「ねーかじゃないよ。なにしてんの！」

ちょっと、つよくいってみたけど、きよしくん、へーきなかお。

「アリ、あつめてんだ。おまえも、てつだうだろ」

きよしくん、ひとのきもちまで、きめてかかる。

なるほど。アリをあつめて、むりやり、よしだくんにたべさせるつもりなんだ。

「だめだよ。ともだちをいじめちゃ。先生《せんせい》もいってたじゃない」

「なんか、いってたっけ？　おれ、先生《せんせい》のはなしって、あんまりきいてねーし。だって、つまんないだろ」

はなしにならないって、こういうことをいうんだ。

「とにかく、そんなことしちゃ、だめ」

とたんに、きよしくん、ギロンとにらみつけてきた。

こういうときのきよしくん、ほんとこわい。口《くち》だって、かみつかれたら、いたそうだし。

だから、つい、いっちゃった。

「これいじょう、いじめるんだったら、先生《せんせい》にいうよ」

「だから、いじめてねーって」

「いやがること、するのを、いじめるっていうの」

「ちっ、つまんね。しのぶ、すぐいい子《こ》ぶって。だから、きらいなんだよ」

きよしくん、もってた木《き》のえだを、ぺきんと、へしおってなげた。

「ぼくだって、らんぼうなきよしくん、きらいだから」

すると、きよしくん、「ふん」と、はないきをならして、
こうえんから、でていった。

「よしだくん、
うちへくる？」
「うん」
ぼくがさそうと、
ちいさくうなずく。
いえに、つれていくと、
「よしだくん、いらっしゃい。あら、きよしくんは？」
おかあさん、いきなりこれ。なぜか、きよしくんが、
おきにいりなんだ。

いつもは、きにならなかったけど、
きょうは、むっときた。
「そんないいかた、
よしだくんに、
わるいじゃない。
ね、よしだくん」
なのに、
よしだくんのこたえは、
「よくわかんない」

「じぶんのことなのに、なんで、わかんないの」

おもってもなかったのに、大《おお》きなこえ、だしちゃった。

「なに、おこってるの？」

おかあさん、きょとんとしてる。

「おこってないよ」

よしだくんと、へやへいくと、おかあさんが、
ジュースをもってきた。

よしだくん、コップのなかへ、
ほそい口《くち》のさきをいれて、じょうずにのむ。

「ねっ、よしだくん。ぼく、おもうんだけど、もっと、じぶんのきもち、ちゃんと、いったほうがいいよ」

「いっても、いいのかな」

「いいにきまってるよ」

すると、よしだくん、

「じゃあ、かえりたい」

とかいいだした。

ショック！

「えっ……よしだくん、
いやいやついてきたんだ」

「そうじゃなくて」

「そうじゃなかったら、
かえりたいなんて、いわないよ」
「ねぇ、しのぶくん。おねがいだから、
もっとゆっくり、しゃべらせて」
「あ、ごめん」
「あした、おばあちゃんが、
あそびにくるんだ。
それで、なにかよろこぶこと、
かんがえたいの」

そういうことなら、なっとく。
「ぼくもいっしょに、かんがえてあげる」
よしだくんのおばあちゃんは、やっぱりアリクイで、山《やま》のなかにすんでる。
〝さふぁり町駅《まちえき》〟から、でんしゃで、一《いち》じかん。
うんどうかいのとき、見《み》たことがある。
そういえば、あのとき、かけっこで、よしだくん、ころんでなきだした。
そしたら、おばあちゃんは、なぐさめるどころか、

「それくらいで、なくんじゃない。よわむし」
て、よしだくんをしかってた。

「なにがいいかな。きにいらないものだったら、
かえって、おこられるかも」

じょうだんで、いったつもりなのに、

「ぼくも、そうおもう」

よしだくんは、うなずく。

なんか、くらい。

だから、ちょっときいてみた。

「どうしても、なにかしなきゃいけないの？」

ぼくなんか、おばあちゃんがあそびにきても、

なんにもしない。

「ねえ、よしだくん」

すると、きゅうに、よしだくんの目《め》から、ポロリ、なみだがおちた。

「どうしたの？」

「ぼく、この町《まち》にいられなくなるかも」

「どうして？」

「おばあちゃんが、いうんだ。ぼくがよわむしなのは、さふぁり町《まち》にいるからだって。あうたび、山《やま》へ、つれてかえりたがってる。それで、おばあちゃんのきげんをとるために……」

「たいへんだね、よしだくん」

ぼくは、おばあちゃんが、よろこびそうなこと、

いろいろかんがえて、ノートにかいた。
「このなかから、どう？」
よしだくんにいっても、「うーん」と、
くびをひねる。ぴんとこないみたい。

・うたをうたう
・かた たたきをする
・おかしをつくる

「おばあちゃんが、すきなことって、なに？」

よしだくんに、きいてみた。

「やさいづくりと、本《ほん》をよむこと」

「じゃあ、おし花《ばな》で、
しおりをつくるのって、どうかな。
このまえ、おかあさんとつくって、
てづくりマーケットで、うったんだ」
「うん。それいい」
よしだくんが、えがおになる。
おかあさんにいうと、
わからないところは、
おしえてあげる、そういってくれた。

「まず、花《はな》をさがしにいこう」
ぼくたちは、そとへでた。
めざすは、〝さふぁり城《じょう》あと〟。
あそこなら、いろんな花《はな》が、さいている。
しかも、つみとってもだいじょうぶな、
ばしょがあるんだ。
駅《えき》まえのとおりを、まっすぐ北《きた》へいくと、
さふぁり城《じょう》あとだ。
石《いし》のかいだんをのぼると、ひろばにでる。

とおくまで見《み》わたせて、とても、けしきがいい。
さくらの木《き》や、松《まつ》の木《き》があって、かわいい花《はな》、
きれいな花《はな》が、あちこちにさいている。

「五《ご》まいくらい、セットにして、
プレゼントしたらいいね。
うらにメッセージとか
かいたら、きっとよろこぶ」
「メッセージって？」
「いつまでも、げんきでいてね、とか」
「それいい」
よしだくん、うれしそうにこたえると、
さっそく、おし花《ばな》につかう花《はな》をさがした。

「この花《はな》、きれいだよ」
よしだくんによばれて、そばにいくと、
きいろに、オレンジいろの
ふちどりの花《はな》。
「ほんとだ。これいいね」
ぼくは、その花《はな》を
つみとって、もってきた
ビニールぶくろにいれた。
そのときだ。

「よお、しのぶもきてたのか」

そのこえは、きよしくん。

「やっぱり、松《まつ》の木《き》の下《した》にいる
アリは、でかいもんな。

きっと、うまいだろうな」

「きよしくん、まだ、
そんなことしてんの？」

「そんなことって、なんだよ」

「アリをあつめて、よしだくんに、

たべさせるんだろ。よしだくんは、
アリたべないから」
「しってるよ」
「わざとやってるんだ。サイアク」
すると、きよしくんは、むし。
せっせと、木《き》のみきをはうアリを、
びんのなかへおいこむ。
たしかに、ここのアリは、
まっくろで、とてもでかい。

きよしくん、どんどんアリをつかまえる、
びんのなかのアリが、かわいそう。

「きよしくん、それって、ざんこくだよ」

いわずに、いられなかった。

「じゃあ、しのぶはなにしてんだよ」

きよしくん、ぼくのふくろを、ゆびさした。

「花《はな》をつんでるだけだよ」

「かんたんに、いうんだな」

「えっ？」

「花《はな》だって、いきものだし、
ざんこくなのは、おなじだろ」

「ちがうよ」

「なにが、どうちがうんだよ」

「それは……」

うまく、せつめいできない。

「ほらみろ」

きよしくん、いじわるな目《め》でわらうと、こんどは、
じめんにあなをほって、アリをさがしはじめた。

「なにが、ほらみろだよ。もうきよしくんとは、口《くち》きかないから。はやく、花《はな》をつんでかえろ」
ぼくは、よしだくんをひっぱった。

うちにもってかえって、さっそく、おかあさんをよぶ。
タイルに、ダンボールと、キッチンペーパーを
かさねてしく。そして、その上《うえ》に、
つんできた花《はな》をおいた。
そして、また、おなじように、キッチンペーパー、
ダンボール、タイルをおいてはさむ。
あとは、でんしレンジで、チン！
おし花《ばな》の、できあがり。
きれい、きれい。

おし花《ばな》を、しおりのかみにはるのが、むつかしい。
よしだくんのゆびは、ふといから、ここは
ぼくのでばん。
うらがわには、よしだくんがメッセージをかいた。

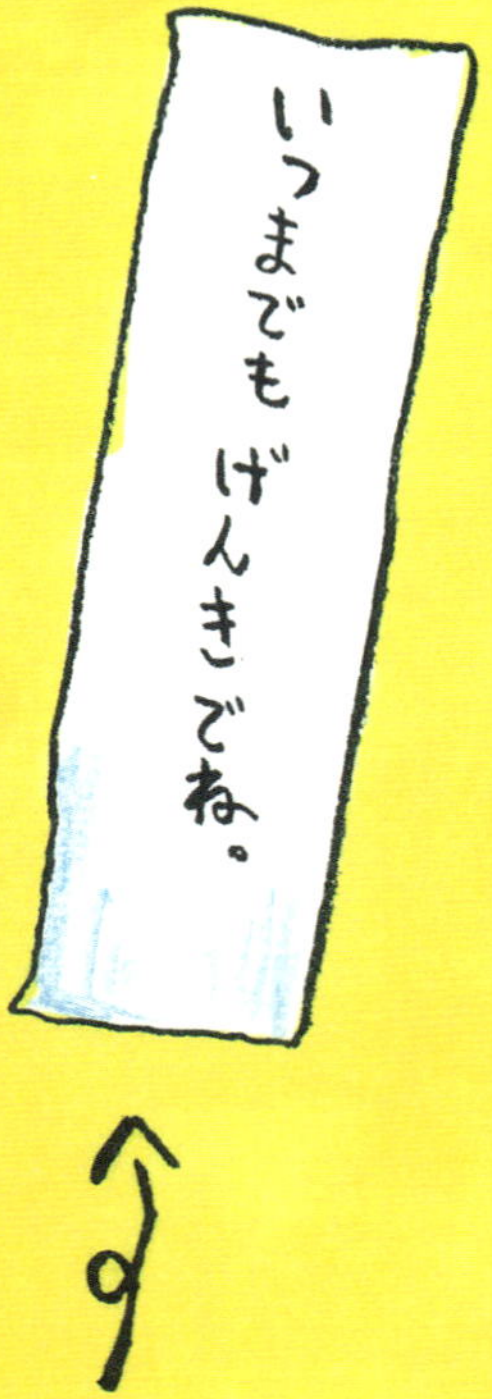

アリクイダンス　おしえてね。
おいしいりょうり　つくってね。
また　ホタル　みに　いこうね。
ずっと　このまちに、いさせてね。

ここからは、おかあさんのでばん。
ラミネーターっていう、ぶきをだしてきた。
なまえからして、かっこいい。
このきかいを、とおすと、しおりが、
つるつるピカピカになる。

さいごに、あなをあけ、
赤《あか》やみどりのリボンをつけた。
できあがった、しおりをならべる。
なんだか、うきうきする。
じぶんのおばあちゃんが、くるみたい。

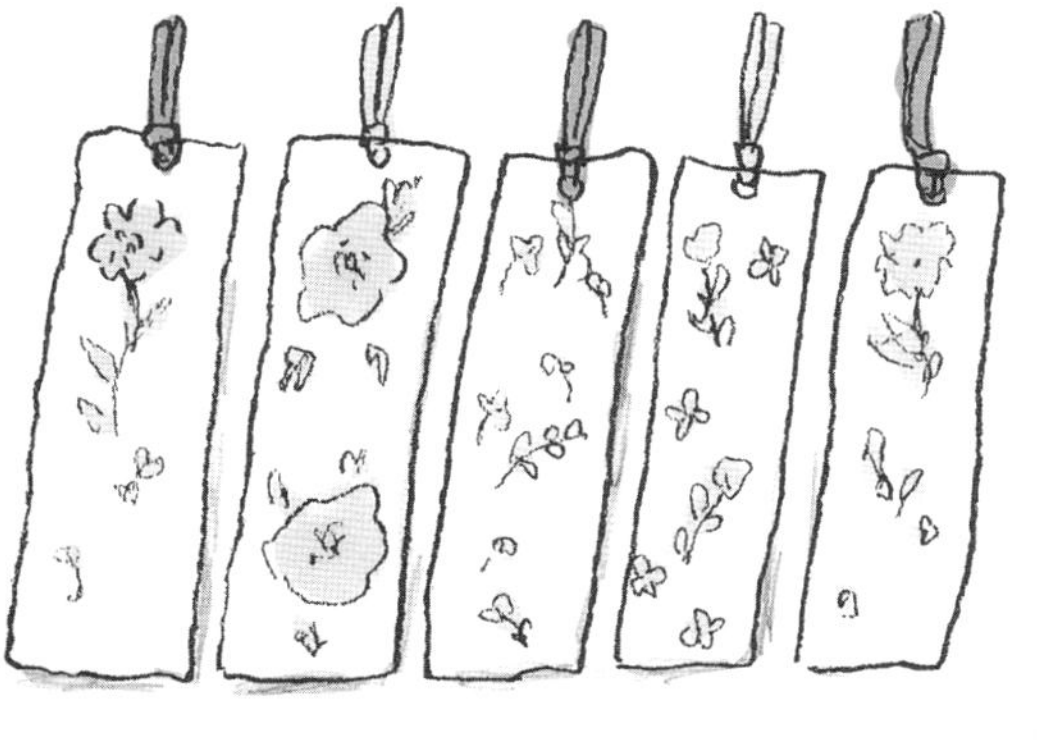

あぁ、でも……。いやなこと、おもいだしちゃった。
もし、おばあちゃんの、きげんがわるくなったら、
よしだくん、つれていかれちゃう。
とたんに、あんなに、キラキラひかってたおし花《ばな》が、
ただのかれた花《はな》にみえる。
「あした十時《じゅうじ》に、おばあちゃん、さふぁり町駅《まちえき》に
つくんだ」
「いっしょに、いっていい？」
しらないうちに、ぼくの口《くち》から、とびだしてた。

創立26周年

WAVE出版の児童書

図書目録Ⓙ
2013年8月
発行

www.wave-publishers.co.jp.
〒102-0074 東京都千代田区九段南4-7-15
TEL 03(3261)3713　FAX 03(3261)3823
振替00100-7-366376 E-mail:info@wave-publishers.co.jp

送料　300円
表示価格は税込です。

えほんをいっしょに。

4歳～8歳向　絵本
A4変型判上製　定価（本体1300円＋税）

サンタさんたら、もう!

ひこ・田中作／小林万希子絵　ISBN978-4-87290-900-

今日はクリスマス・イブ。セイヤはねないで、サンタさん
あうつもりです。でも、やってきたサンタさんは…。

あいうえ おかしな どうぶつえん

川北亮司作／たごもりのりこ絵　ISBN978-4-87290-901

ことばのリズムにさそわれて、五十音の動物たちが大集合！
声に出して読んで楽しいことばあそび絵本。

ひっつきむし

ひこ・田中作／堀川理万子絵　ISBN978-4-87290-90

ナノはひっつきむし。いつもママにひっついています。
でも、ママのピンチには勇気を出して、へんしーん！

でっかいたまごと ちっちゃいたまご

上野与志作／かとうようこ絵　ISBN978-4-87290-9

でっかいたまごとちっちゃいたまご。ふたつのたまごはす
かりなかよしになりました。読み聞かせに最適。

知ることって、たのしい！

ノンフィクション絵本
A4変型上製 定価（本体1300円＋税）

犬のハナコのおいしゃさん

今西乃子文／浜田一男写真 ISBN978-4-87290-950-0

わたしは、犬のハナコ。動物病院でくらしています。ハナコとヒロシ先生の一日から動物の命を考える写真絵本。

もしも宇宙でくらしたら

山本省三作 ISBN978-4-87290-951-7

宇宙でくらすと、どうなるの？　無重力のしくみ、たべもの、トイレ、スポーツ、しりたいことがいっぱい！

いのちのドラマ

ノンフィクション読みもの
A5判上製

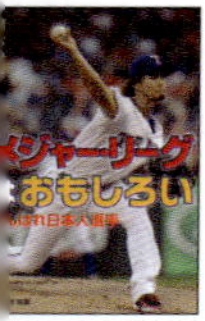

メジャー・リーグはおもしろい

がんばれ日本人選手

国松俊英著 ISBN978-4-87290-960-9

日本からメジャー・リーグへ移籍した選手たち、メジャー・リーグの起こり、しくみ、数々の記録が満載。

定価（本体1300円＋税）

ブータンの学校に 美術室をつくる

榎本智恵子著 ISBN978-4-87290-961-6

青年海外協力隊員として、ブータン国内ではじめて美術室をつくった著者の、涙と感動のノンフィクション。

定価（本体1400円＋税）

学校図書館・調べ学習セット

世界の終わりのものがたり　全3巻

こどもくらぶ編／日本科学未来館 企画協力

A4変判上製　各巻定価（本体2700円＋税）

世界遺産になった食文化　全4巻

こどもくらぶ編／服部津貴子監修

A4変判上製　各巻定価（本体3000円＋税）

ともだちがいるよ！

小学校低学年向　幼年童話
A5判上製　定価（本体1100円＋税）

ともだちは わに

村上しいこ作／田中六大絵　ISBN978-4-87290-930-2

しのぶのクラスメートのきよしくんは、ほんもののわに！
ユーモアたっぷりの「ともだち」シリーズ第1弾。

お手紙 ありがとう

小手鞠るい作／たかすかずみ絵　ISBN978-4-87290-931-

4人のお友だちと校長先生が書いた心あたたまる、やさしい
手紙。その手紙のあて先は、いったい、だれ？

ゴリラで たまご

内田麟太郎作／日隈みさき絵　ISBN978-4-87290-932

ライオンのおじいさんが、大きなたまごにであいました。
このたまごは、なんのたまごなのでしょうか？

ハコくん

北川チハル作／かしわらあきお絵　ISBN978-4-87290-933

ゆかいなハコくんが、テクノタウンで大冒険！　みんなを
顔にしたいハコくんにぴったりの仕事、みつかるかな？

エプロンひめの キラキラ☆プリンセスケーキ

藤 真知子作／みずなともみ絵　ISBN978-4-87290-93

エプロンひめはスイーツ王国のくいしんぼうプリンセス。
ちびドラといっしょにおかしづくりの修業の旅へ！

ともだちは きつね

村上しいこ作／田中六大絵　ISBN978-4-87290-93

わにのきよしくんにさそわれて、きつねのれなちゃんと、三
ででかけたフラワーパークで、大事件が！　シリーズ第2

とっとこ トマちゃん

岩瀬成子作／中谷靖彦絵 ISBN978-4-87290-904-3

トマちゃんは元気なトマトの女の子。ころんでも「だいじょうぶだもん！」なかよしのモモちゃんにあえるかな？

ことばであそぼう五七五

内田麟太郎作／喜湯本のづみ絵 ISBN978-4-87290-905-0

五七五のリズムで、かさなることばがだいへんしん。ふしぎでゆかいなだじゃれで春夏秋冬をあそんでみよう！

まよなかのほいくえん

いとうみく作／広瀬克也絵 ISBN978-4-87290-906-7

おとまり会で、ねむれないこうすけが出会ったのは、みつめこぞう、ねこまた、かみきり、そして、ぬらりひょん！

あいうえ おいしい レストラン

川北亮司作／たごもりのりこ絵 ISBN978-4-87290-907-4

五十音の動物たちといっしょに、ごちそういっぱいのレストランへ！　楽しいことばあそび絵本第２弾。

これから出る本

10月刊行予定　幼年童話

すすめ！ 近藤くん

上一平作／かつらこ絵

ISBN978-4-87290-936-4
A5判上製　定価（本体1100円+税）

11月刊行予定　幼年童話

こまたま・たまちゃん

部千春作／つじむらあゆこ絵

ISBN978-4-87290-937-1
A5判上製　定価（本体1100円+税）

12月刊行予定　絵本

んなかいじゅうみたことない

本ともひこ作・絵

ISBN978-4-87290-908-1
A4変型判上製　定価（本体1300円+税）

「もちろん」
よしだくんは、ちょっとてれくさそうに、わらった。

つぎの日《ひ》、ぼくは、よしだくんと
いっしょに、えきへいった。
「ちょっと、はやかったね」
よしだくんは、駅《えき》のとけいを見《み》ると、
おもいだしたように、いった。
「そうだ。きのうのよる、きよしくんから、
でんわがあってね」
「えっ？　きよしくんから」
いったとたん、

「よっ、しのぶ。おはよーろっぱ」

うしろから、きよしくんの、へんなあいさつ。

「どうだ。このT《ティー》シャツ、かっこいいだろ」

でも、こたえてやんない。

「ちっ、むしかよ」
きよしくん、ぎろりとにらむ。
けど、すぐに、いつもの
ちょうしのいいこえにもどると、
「おれのアリがかつか、
おまえのしおりがまけるか、
たのしみだな」
なにいってんだろ?
かつとか、まけるとか……

っていうか、どっちも、
ぼくがまけてるし。
「この、百《ひゃく》パーセント、
いけどりのアリをみたら、
よしだのばあちゃん、
こしぬかすぜ。よしだを、
山《やま》へつれもどすどころか、
じぶんが、この町《まち》へ、
ひっこしてくるかもな」

なんとなく、わかってきた。
きよしくんも、よしだくんのおばあちゃんを
よろこばせるために、アリをあつめていたんだ。
よしだくんを、いじめてたっていうのは、
ぼくのかんちがい。
なにかいわなきゃって、おもったけど、
ことばがでてこない。
「でんしゃ、ついたみたい」
よしだくんが、かいさつ口《ぐち》のほうに、からだをむけた。

でんしゃのドアがあいて、がやがや、わさわさ、
人《ひと》がおりてくる。
「よしおー!」
てをふっているのは、よしだくんのおばあちゃん。

「あんたが、しのぶくんで、
あんたが、きよしくんだね」
おばあちゃんが、ひと目《め》で
いいあてたから、ちょっとおどろいた。
ぼくたちは、いっしょに、
よしだくんのいえにむかった。
さいきんあったできごととか、
はなしながら、おばあちゃんも、
よしだくんも、にっこにこ。

いえにつくと、よしだくんの
おかあさんが、にわに
おちゃのよういをしてくれた。
けっこうおしゃれなんだ。
せきにつくと、
「それにしても、よしおは、
ちっとも大《おお》きくならないね」
おばあちゃんが、口《くち》をひらいた。
いやなかんじ。

「このまえあってから、まだ、一《いっ》かげつもたってないよ」

「なにいってんだい。たけのこなんて、ひとばんで、七《なな》センチものびるんだよ。ぞうの赤《あか》ちゃんなんて、うまれたとき、百《ひゃく》キロいじょう、あるんだから」

いってること、むちゃくちゃ。なんか、きよしくんににてる。

「ぼく、たけのこでも、ぞうでもないよ」

「わかってるよ、あたしのまごなんだから。ただ、あたしがいいたいのは」

マズイ！

「よしだくん、わたすものがあったんだよね」

あわてて、ぼくは、はなしにわってはいった。

「そう、おばあちゃんに、あげようと、
こんなのつくったんだ」
よしだくんは、ずっと、にぎりしめてたふくろを
わたした。
おばあちゃんは、しおりをとりだすと、
「ふふん」
とわらう。よしだくんは、
いっしょうけんめいのえがお。
「ねっ、すてきだろ」

「まっ……すてきだけど、あたしゃ、そのへんに
さいてる花《はな》を、ただながめてるほうが、すきだね」

「そうだろ、そうだろ」
ぼくのまえに、きよしくんが、わりこんできた。
しっぽを、ゆらゆらゆらして、おまえなんか、
ひっこんでろってかんじ。
そして、くびからぶらさげてる、ガマ口《ぐち》をあけると、
インスタントコーヒーの、びんをだしてきた。
なかみは、もちろんコーヒーじゃなくて、いきたアリ。
うじゃらうじゃら、うごめいている。
「どうだい。こんなりっぱなアリ、いなかにだって、

なかなかいないだろ」

おばあちゃんは、きよしくんから、びんをうけとると、

「へえー、よくあつめたね」

と、かんしんした。

けど、

「ほら、たべてみそしる」

きよしくんが、すすめたけど、
おばあちゃんは、ふたをあけようともしない。

それどころか、きよしくんに、つっかえした。

「いまどき、山《やま》のアリクイだって、
アリなんて、たべないよ」

「じゃあ、なに、くうんだよ」

「ほら、これ」

おばあちゃんが、
バッグからとりだしたのは、
「えっ？　マヨネーズ！」
ぼくは、おもわずさけんじゃった。
「そう。でも、ただの
マヨネーズじゃないよ。
これは、アリあじ。
こっちのはセミあじ。これが、
しんはつばいのミミズあじ」

おばあちゃん、とくいげにいうけど、どんなあじだか、わかんない。

わかりたくもないけど。

けっきょく、どちらのプレゼントも、あんまり、よろこんでもらえなかったみたい。

「だいたい、男《おとこ》の子《こ》が、おし花《ばな》なんて、つくってるようじゃ、だめだね。そんなことだから、ころんだくらいで、なくような、よわむしになるんだよ」

そのとき、ちらっと、きよしくんが、よしだくんに、目《め》くばせしたようなきがした。

「おい、ばあさん。いくらなんでも、ひどいだろ。
おれだって、ころんでなくことくらいあるぜ」
きよしくんが、どなりつけた。
いや、ぜったいに、それはない！
けど、それより、いったい、きよしくん、
とつぜん、どうしたんだろう。
「あんたみたいな、わからずやのばあさん、
かめのせなかにでものって、とっとと山《やま》へかえっちまえ」
きゅうに、おこりだしちゃった。

でも、なんで、かめなんだろ。
そのときだ。
「きよしくん、いいかげんにしろ！」
おどろいたことに、さけんだのは、よしだくん。

「ぼくの、だいじなおばあちゃんに、なんてことというんだ。ともだちでも、ゆるさないぞ」

すると、きよしくん、にやにや。

「おもしれぇじゃねぇか。どう、ゆるさねぇんだ。みせてもらおうじゃねぇか」

まるで、えいがにでてくる、あくやくみたい。

それでも、よしだくんは、びびらない。

「きみみたいな、わには、こうしてやる」

そういって、きよしくんに、とびかかった。

「えい、えい、えい！」
って、きよしくんのむねをたたく。
でも、あんなんじゃ、それこそ、アリが
たいこをたたいてるくらいにしか、
きよしくん、
かんじないだろう。

ところが、ちがってた。
「あいたたた。まいった」
きよしくん、ころがった。
「もう、あんなこといわないから、
ゆるしてくりごはん」
きよしくん、
はってにげようとする。
どうしちゃったの？　きよしくん。
よしだくんは、きよしくんを見《み》おろして、

「はっはっはっ。どんなもんだい」

とくいそうにわらう。

「どう、おばあちゃん。ぼく、つよくなったでしょ」

よしだくんがいったとたん、こんどは、
おばあちゃんが、わらいだした。

「あはは。こりゃおもしろいものを、見《み》せてもらったよ」

おばあちゃん、わらいすぎて、なみだまでながしてる。

「さっ、もうおしばいはいいから、
きよしくん、たちなさい」

えっ？　おしばい……。

きよしくんが、おきあがる。

しっぽのさきが、ぷるぷるうごいてる。これは、
てれくさいときのしるし。
「おしばいなんかじゃ……」
よしだくんが、いいかけると、おばあちゃんが、
てのひらをむけた。

「いいからいいから。おばあちゃんには、わかるんだよ。それに、このまえ、よしお、じぶんでいってたじゃない。きよしくんがおこると、しっぽを、バンバン、じめんにたたきつけるって」

そういえば……。

「きょうの、きよしくんのしっぽ、ひなたぼっこのねこより、ゆれてなかったね」

「あっ、わすれてた」

きよしくん、口《くち》をぱかっと
あけて、空《そら》を見《み》た。
なんか、まぬけ。

おばあちゃんは、ぼくたち三人《さんにん》を、
ゆっくり見《み》まわした。そして、よしだくんにいう。
「こんな、すてきなともだちから、
ひきはなすなんてこと、しないから。
しんぱいしなくていいよ」
「よかったな、よしだ」
きよしくんは、よしだくんのせなかを、
バシバシたたいた。
「ありがとう、きよしくん、しのぶくん」

よしだくんは、手《て》をさすりながらいう。
きよしくんをたたいた手《て》は、
まっかにはれあがっていた。

かえりみち、きよしくんにきいた。

「あのおしばい、きよしくんが、かんがえたの？」

「そうさ。かんぺきな、えんぎだったのに」

そうは、みえなかったけど。

そのときだ。

「あっ」

きよしくん、
おもいだしたように、
たちどまった。

「どうしたの？」

「しのぶ、ひとつきいていいか？」

「なに？」

「なかなおりって、どうやってするんだっ」

「しらないよ。なんで、そんなこときくの」

「だって、おまえ、あたまいいから、
わかるとおもって」

「だれと、けんかしてんの？」

「おまえだよ」

あっ、そうだった。
でも、きゅうに、そんなこといわれても、
おもいつかない。
「じゃあ、あした、ぼくのへやで、
いっしょにかんがえよ」
「それいいな。おやつ、よういしとけよ」
そういうと、きよしくん、いえとは、
ちがうほうへあるきだした。
「どこいくの？　きよしくん」

「アリだよ、アリ。とったばしょに、かえしてやらなくちゃ、かわいそうだろ」

「ふうーん。たべればよかったのに」

じょうだんで、いったつもりだったのに、

「うまくなかった」

きよしくんは、ガマ口《ぐち》から、アリがはいったびんをとりだした。

「どんなあじだった？」

「アリだけに、アリえないあじだった」

ぼくがきくと、きよしくん、
へたなだじゃれでかえしてきた。

しかも、

「おい、わらえよ、しのぶ」

そういって、ぼくのうでを、ビシバシたたく。

「いたいよ、きよしくん」

わにのきよしくんは、だれかを、いじめたりしない。

ちょっと、らんぼうなだけなんだ。
それからついでに、もうひとついうと、
ぼくはやっぱり、そんなきよしくんが、すきなんだ。

村上しいこ………むらかみ しいこ

三重県松阪市在住。『かめきちのおまかせ自由研究』(岩崎書店)で第37回日本児童文学者協会新人賞受賞。『れいぞうこのなつやすみ』(PHP研究所)で第17回ひろすけ童話賞受賞。『とっておきの詩』(PHP研究所)で第56回青少年読書感想文課題図書。「しのぶときよしのともだちシリーズ」(WAVE出版)に『ともだちはわに』『ともだちはきつね』『ともだちはアリクイ』ほか、「日曜日の教室」シリーズ(講談社)「わがままおやすみ」シリーズ(PHP研究所)など多数。

田中六大………たなか ろくだい

1980年、東京生まれ。「あとさき塾」で絵本の創作を学ぶ。『ひらけ! なんきんまめ』(小峰書店)の挿絵でデビュー。自作の絵本に『でんせつのいきものをさがせ!』(講談社)がある。また、絵本『だいくのたこ8さん』(くもん出版)『ぼくはねんちょうさん』(小学館)『まよいみちこさん』(小峰書店)『おとのさま、でんしゃにのる』(佼成出版社)ほか、幼年童話「しのぶときよしのともだちシリーズ」(WAVE出版)「日曜日の教室」シリーズ(講談社)などで絵を担当し、幅広く活躍。

ともだちがいるよ! ⑨

ともだちは アリクイ

2014年2月14日　第1刷発行

作者●村上しいこ　画家●田中六大

装丁●こやまたかこ

発行者●玉越直人

発行所●WAVE出版

東京都千代田区九段南4-7-15　〒102-0074

電話 03-3261-3713　FAX 03-3261-3823　振替 00100-7-366376

E-mail　info@wave-publishers.co.jp

http://www.wave-publishers.co.jp

印刷●加藤文明社

製本●若林製本

NDC913　79p　22cm　ISBN978-4-87290-938-8

○がつ×にち　水《すい》　はれ

きれいだね ホタルって
おれも、けつ、ひかりてえ
おしり ひからせて なにするの うつくしくも ないし
おことば だな しのぶ。 ていでん のとき やくに たつだろ
ていでんの ときは かいちゅう でんとう つかえば いいでしょ!
なるほど!
けつに かいちゅう でんとう しばり つければ いいのか!
なぜ おしりに こだわる!?
ピカー